AF499130

LE ROI EST MORT, VIVE LE ROI.

Se vend
A THIONVILLE,
Chez Remy de BERGUE
Libraire. 1774.

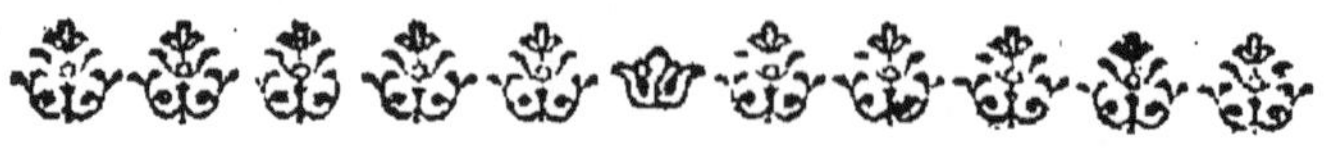

A SON ALTESSE,
SON ALTESSE SERENISSIME,
MONSEIGNEUR LE PRINCE
DE CONDE'.

MONSEIGNEUR,

LA FRANCE *depuis l'existence de votre illustre Nom & de vos Aïeux, à qui elle doit ses jours, vous a toujours regardé, & regardera jusqu'à la fin des siecles pour son protecteur & bienfaiteur. Je ne rappellerai pas toute la gloire de votre illustre Maison, qui est & sera toujours dans la mémoire des vrais Citoyens. Mon unique dessein est de dire combien la France a de bonheur d'être gouvernée par* LOUIS AUGUSTE DE BOURBON, *secondé par votre cœur paternel de Citoyen. Vous les protégez ces vrais Citoyens, & ils attendent tout de vous. Moi en mon particulier j'attends mon sort de votre Grandeur, comme ayant versé mon sang pour la gloire de mon Roi, & l'honneur de la Patrie ; prêt encore de le verser jusqu'à la dernière goutte pour l'Auguste* LOUIS. *C'est un tribut que je lui payerai volontiers sitôt qu'il s'agira de sa gloire.*

OUI, *Monseigneur, je languis de n'être plus utile à ma* Patrie. *Je me remets entre vos mains, vous,*

Bienfaiteur de la France, qui à jamais éternisera le souvenir de vos victoires ; elle s'en acquitte sans doute, sa gloire est inséparable de la votre. La mienne, MONSEIGNEUR, *me semble assurée, si vous daignez permettre à ce petit Ouvrage de paroître sous vos auspices. Je voudrois pouvoir vivre assez long-tems pour annoncer aux derniers âges que la France a de nouveau le bonheur de posséder tout à la fois un Pere & un Bienfaiteur, ami de l'Etat & du Peuple : un Roi, une Reine & un Prince universellement chéris.*

Si je pouvois, MONSEIGNEUR, *vous exprimer dignement les ardens souhaits que je fais pour la conservation de vos jours, si précieux à l'Etat ; & avec quel excès de soumission & de respect je suis & serai toute ma vie :*

MONSEIGNEUR,

De votre Altesse Sérénissime

Le très-humble, trés-obéissant
& très-fidéle Serviteur
R. De BERGUE.

AVANT PROPOS.

LA FRANCE me ſaura gré ſans doute, de la prévenir du bonheur qui lui eſt préparé. Elle a toujours chéri le digne Sang de BOURBON ; & cet Auguſte LOUIS, en montant ſur ſon Thrône, lui donne des marques de reconnoiſſance par ſes bienfaits.

Cette Monarchie ſi puiſſante deviendra de nos jours, par ſes bienfaits, la gloire de tout l'Univers.

Oui, ma chère Patrie! notre aimable Monarque, aidé

des conſeils de MARIE-ANTOINETTE-JOSEPHE-ANNE, cette grande Princeſſe, qui ne déſire rien plus que le bonheur d'un peuple qui lui eſt ſoumis, du haut de ſon Thrône vous fera paroître un viſage plein d'amour & de tendreſſe pour vous.

Le GRAND CONDE' qui eſt votre ſoûtien, ne l'abandonnera pas, & il renouvellera la gloire de ſes combats par de nouveaux efforts qu'il fera pour vous procurer une heureuſe deſtinée.

Joignez vos priéres aux miennes, ma chère Patrie, &

prions Dieu qu'il conſerve les jours à ces trois illuſtres Perſonnes.

Pour moi je forme des vœux ſincères au Roi de l'Univers pour la conſervation des vies ſi utiles à ma Patrie.

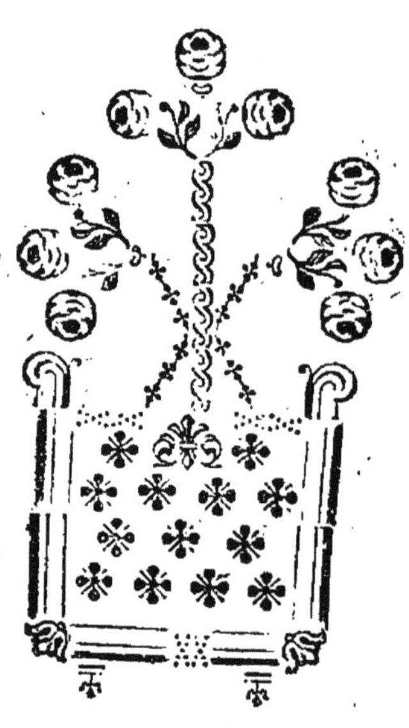

L'Œil sombre & menaçant quelle horrible humanie
Proméne dans les airs son char contagieux !
Des vapeurs de l'air enveloppe les Cieux ;
Son dard empoisonné arme sa main livide,
Des funébres oiseaux la frémissante voix
L'arrête sur les tours des Palais de nos Rois.
Arrête, monstre impur, n'achéve pas ton crime,
Et recule à l'aspect de l'auguste victime !
Que vois-je ! tu descens ! coup affreux ! jour de deuil !

Sous la ſanglante faulx LOUIS chancelle, & tombe,
Un long & pâle éclair a brillé ſur ſa tombe,
Rien ne peut réſiſter à la force puiſſante.
Tu frappe ſon corps, hélas! tu fais couler nos pleurs,
Ton éclatante voix eſt toujours foudroïante.
Ah! tu déchire nos cœurs,
Fatal oiſeau du monde ſéducteur!
Tyran deſtructeur des mortels!
Ce n'eſt point à ton aveugle rage
A qui j'érigerai des Autels!
Quelle fureur! Quel Dieu m'inſpire!
Quel feu s'empare de mes ſens!
Que vois-je! Quel ſpectacle!
O ma chère Patrie!
Où en ſerions nous donc
S'il ne nous reſtoit pas cet auguſte BOURBON!

Cette branche féconde
du Fils aîné du monde,
Nous rendra heureux par ſes graces
féconds :
Aimé de ſes Sujets, ſa vertu & ſa gloire
Au Temple de mémoire
Accompagneront ſes pas.
France ! dans ton malheur
Vois l'appui qui te reſte.
Sous un autre LOUIS, qu'annoncent
ſes bienfaits,
Les Lis vont refleurir au travers nos
regrets :
Il va te conſoler
D'une perte funeſte !
Dieu ! ſoûtien des BOURBONS,
Ne l'abandonnez pas
Aux barrières du Thrône,
Montrez vous ſous ſes pas.
Sa bonté, ſes vertus
Vous forceront de le traiter d'Elû.

L'exemple d'un Monarque impoſe & ſe
fait ſuivre,
Lorſque Auguſte buvoit, la Pologne
étoit ivre,
Lorſque le grand LOUIS brûloit d'un
tendre amour,
Paris devint Cythère, & tous ſuivoient
la Cour;
Quand il ſe fit dévot, ardent à la prière,
Le flatteur Courtiſan marmotta ſon bré-
viaire.
Tout Prince eſt entouré de vils adula-
teurs,
De ces gens dépravés, mercénaires &
flatteurs,
Dieu dans ſa bonté veut nous tous conſoler,
En renvoyant ton Pere pour ſuivre ſa
diƈté:
Il vient, il franchit: tout-à-coup le
tonnerre

Eclate dans la nue, & fait trembler
la terre.
Dans une nuée volante de feux ref-
plendiſſants
D'un air majeſtueux un phantôme s'a-
vance :
Prête une oreille avide à ſes nobles accents.
C'eſt ton Pere ! Il lui parle ! je garde le
ſilence :

O mon Fils! mon cher Fils!
Digne objet de mon zèle!
Le Monarque des Rois, le Dieu de tes Aïeux
Me permet aujourd'huy de paroître à tes yeux.
Je quitte pour toi seul ma demeure immortelle.
Tu vas regner; frémis! Envié par l'orgueil,
Le Thrône qui t'attend n'est qu'un superbe écueil:
Quel que soit le pouvoir qui te tombe en partage,
Que le bien des humains soit toujours ton ouvrage,
Et plus ils sont ingrats, plus soyez généreux;
C'est un plaisir divin de faire des heureux:

Sur-tout, n'abusez point d'une vaste puissance,
Et n'écoutez jamais le cri de la vengeance :
Qui ne peut se dompter, qui ne peut pardonner,
Est indigne du rang qui l'appelle à regner.
L'étude embrasse tout, tant elle a de grandeur,
L'air, la terre, la mer, le ciel, & son Auteur,
Les desseins du Très-Haut, ses ouvrages immenses ;
Mais loin que votre esprit fier de ses connoissances,
Perde sur l'Infini son tems à méditer,
Au bord de cet abyme il faut vous arrêter.
Qu'avec votre savoir marche la modestie,
Ayez toujours pour but l'amour de la Patrie.

Qui s'instruit pour regner doit avoir un cœur vrai
Pour ses nobles Sujets, tels que sont les François.
Ecoutez votre peuple & suivez la raison,
Qui vous fait par ma bouche une utile leçon :
Préférez ses conseils, la raison salutaire,
Et n'interdisez point à vos vrais Citoïens un bien si nécessaire.
Si l'appas de la gloire en secret vous attire,
Sachez que la vertu a le droit d'y conduire,
Et que la Renommée a ces mêmes égards
Pour le fils d'Apollon, que pour le fils de Mars.
On a vû des Héros qui rendirent hommage
Au mérite, à l'esprit, à la vertu du Sage.

Je ne doute, mon cher Fils, le regne du
présent,
La raison qui retient votre esprit en suspens,
Ne décidez jamais légérement des choses,
Faites y exactement examiner les causes,
Vous connoissez l'erreur de toutes les
opinions;
Vos Peuples sont soumis, & n'ont point
de passions;
Mettez entre les mains de ce grand
Magistrat, *
De ses mains qu'il soit libre,
La balance en flottant respectera l'équilibre.
Des Sirènes de Cour la rampante souplesse,
Va de piques sans nombre entourer ta
jeunesse;

* Mr. de SARTINE.

On n'oſera t'inſtruire , on ſçaura te
flatter,
De la chère corrupteuſe les éloquentes
beautés
Tendent des piéges ſans nombre : pré-
vois à ta ſureté ;
Leurs cœurs amis des biens peuvent
tromper ta droiture,
Mèts y bon ordre, enfin préviens leur
meſure.
Tremble, connois le Thrône avant que
d'y monter,
Au-deſſus eſt la foudre, au bas eſt un
abyme ;
Le menſonge y répand une profonde
nuit,
L'erreur veut s'y placer, la volupté la
ſuit,
A leur profânes yeux tout paroît légi-
time.
De l'importun devoir le nonchalant
s'obſtine,

Endort au milieu d'eux le Monarque avili.
Ferme, ferme l'ouie à leurs accents perfides.
Vous ferez éclairé puifque vous voulez l'être ;
Ce Dieu vous a choifi, fa main vous conduira
Sur le Thrône des BOURBONS il guidera vos pas.
Déja fa voix terrible ordonne à la victoire
De préparer pour vous le chemin de la gloire ;
Mais fi la vérité n'éclaire pas votre efprit,
N'efpérez pas d'entrer dans les cœurs de la Patrie.
Sur-tout des plus grands cœurs évitez la foibleffe,
Fuyez d'un doux poifon l'amorce enchantereffe,

Craignez vos paſſions, & ſachez quelques jours
Réſiſter aux plaiſirs & combattre l'amour,
Afin quand vous aurez par un effort ſuprême
Triomphé de l'aigreur, & ſur-tout de vous-même,
Lors dans un ſi beau regne & célébre à jamais,
Tout un Peuple étonné vivra de vos bienfaits;
Ces tems de vos Etats finiront les misères.
Vous leverez les yeux vers le Dieu de vos Peres,
Vous verrez qu'un cœur droit peut eſpérer en lui:
Allez, qui lui reſſemble eſt sûr de ſon appui;
Accuëillez les vertus quelquefois trop timides,

Le dernier Citoyen n'en eſt pas moins
avide.
On révére les Loix que l'équité diſ-
penſe,
La politique habile affermit ta puiſſance;
Mais l'humanité ſeule apprend à bien
regner.
Ah! laiſſe tes Sujets t'aborder à leur gré,
T'offrir dans leurs regards, qui ſe tour-
nent vers toi,
Les gages ſi touchans de la bonté d'un
Roi;
Te montrer leur ivreſſe, ou t'apporter
leurs larmes:
Au comble des honneurs, digne objet
de leur flamme,
Ils parleront, & leur franchiſe ſera leur
éloquence,
Ils t'expoſeront en ſecret les beſoins de
la France,
Et juſqu'à la priére ils humilieront leur
cœur,

Dans leur ſoumiſſion découvre leur
grandeur,
Leurs ames ſouples encore te demande-
ront un plaiſir,
Ne les rebute point, examine leurs
déſirs,
Ils n'en eſt point qui ſoient inépui-
ſables,
Chérie donc ton Peuple de bontés inal-
térables,
Sois gardé par lui ſeul, jouis de ſon
délire,
Qu'une foule d'heureux, vrais ſoûtiens
d'un Empire,
Soit un luxe nouveau réſervé pour ta
Cour:
Des mortels adoré, dont l'ame magna-
nime
Servira ſous tes Loix prodiguant leur
eſtime,
Qui de tant de bienfaits, d'utiles chan-
gements,

Laiſſera après toi d'illuſtres monumens,
Ils te traiteront d'avance de demi-Dieu
ſur terre,
avec un eſprit ferme
Ils attendent tes ordres pour arriver au
terme;
La volonté peut tout, qui ne veut qu'à
demi
Sort du ſommeil, ſe leve & retombe en-
dormi.
Interroge ſur-tout ces vieillards reſpec-
tables,
De qui l'expérience a médité les loix,
Connû les vœux du Peuple & les fau-
tes des Rois,
Ils te découvriront la molleſſe de la
Cour,
L'oiſiveté des Grands, & le monde va
toujours!
„ Les vices des Rois ſont la première
cauſe,

„ Que pour le bien public ſe fait ſi peu
de choſe,
„ Et des événemens les cœurs redou-
tables,
„ Du ſonge des grandeurs à ta Cour
reſpectable :
La vérité leur plaît, & ſon flambeau
ſacré,
Dans leur paiſible cœur porte un jour
épuré ;
L'ambition chez eux ſatisfaite ou trom-
pée,
Témoin de l'art de Cour, n'en eſt plus
occupée ;
Leurs conſeils t'aideront à régir les hu-
mains,
Et te feront connoître tous les bons
Citoïens,
En marquant leurs écueils, & leurs uti-
les génies,
Lanceront ſur les flots d'une mer appla-
nie,

Le Vaisseau de l'Etat, dirigé par tes mains,
Rendront tes Peuples heureux, qui seconderont tes soins:
Loin de toi ces mortels, dont l'insolente audace
Tend par tout des piéges dans le chemin qu'ils tracent.
Sur le sommet d'un mont de rochers hérissé,
Le Temple de la gloire est déja préparé,
Elle promet un prix à ceux dont le courage
Surmonte ces dangers, & viennent lui rendre hommage:
Méprise ces Tyrans, & ses faux séducteurs,
qui montent par la brigue au faîte des honneurs;
L'or publique s'amoncelle & tari sous leurs traces,

Leur insatiable main affronte cette audace;
Pour couvrir leur néant il leur faut des grandeurs,
La veuve & l'orphelin gémissent de leur fureur;
Leur sublime talent n'est que l'art d'intriguer,
Et leur seule politique est de tout prodiguer;
Des spécieux dehors couvre leur injustice,
Achetant des amis, ils n'ont que des complices,
Et engloutissent tout par un trafique honteux,
Souvent même leurs mains, par une lâche adresse,
Détournent de Cérès, les solides richesses,
Et la fertilité disparoît devant eux.

De leur joug tyrannique affranchis la nature,
Les pauvres Citoïens les payent avec uſure.
De l'art qui les féconde, aſsûre leurs progrès,
Les tréſors de l'Etat germent dans leurs guérets.
Quel abus des grandeurs & du pouvoir roïal!
Quelle utile leçon aux Miniſtres & aux Princes!
Qui loin de s'occuper du bien de leur Province,
Puiſſants pour leurs voiſins, miſérables chez eux,
Ont le cœur dévoré des ſoins ambitieux,
Ou qui voluptueux plongés dans l'indolence,
En d'indignes mortels ont mis leur confiance.

Il n'eſt aucun état, tel policé qu'il ſoit,
Où pour le bien publique, la réforme n'ait droit,
Où l'uſage & la loi, l'un à l'autre contraire,
N'offencent du bon ſens les préceptes ſévères:
De ces difficultés on ſent les embarras,
Mais pourquoi, dites-vous, ne les leve-t-on pas?
Protége les mortels qui veillent à la culture!
Quel bonheur, ô mon Fils! Quel triomphe pour toi!
Lorſque les Laboureurs ſans trouble, ſans effroi,
Chériſſant de ces jours l'heureuſe deſtinée,
Recuëilleront leur part des tributs de l'année;
Quand les plus durs travaux leur paroîtront un jeu,

Lorsqu'appuïez d'enfans, appui de la vieilleſſe,
A l'aſpect des moiſſons chanteront des hymnes d'alégreſſe,
Béniſſant à la fois ſon Monarque & ſon Dieu :
Ce Dieu te voit, te ſuit, & te ſera propice,
Pour affermir ton Thrône à la voix de juſtice;
Comptable devant lui du bonheur des mortels,
Tu leur dois du ſecours de tes mains paternelles.
L'abeille a mieux que nous réglé ſa république,
On n'y voit point de mouche altière & magnifique
Refuſer à ſes ſœurs le fruit de ſes travaux,
L'orgueil & l'intérêt reſpectent leur repos.

Fière raiſon, humanie, orgueilleuſe fo-
lie,
Que de ces animaux l'exemple t'humilie!
Qui diroit lorſqu'on voit de ces gens
dédaigneux,
Que les pauvres ſont faits du même li-
mon qu'eux:
Tout homme parvenu & ſans naiſſance
Dédaigne ſon ſemblable étant dans
l'opulence.
Que ces pauvres en lambeaux courbés
ſous la misère,
Marqués des mêmes traits ſont en effet
leurs frères;
L'orgueil les a changé, c'eſt l'ouvrage
du ſort,
Du riche au miſérable il n'a plus de
rapport,
A leur deſtin commun rien ne les in-
téreſſe,
Ce ſont des animaux de différente eſpèce.

Ces

Ces loups ſans s'émouvoir regardent les
faucons
Du ſang de la colombe arroſer les val-
lons.
Que je ſuis en courroux lorſque certaine
Alteſſe
Juſqu'aux chevaux & chiens prodique
ſa tendreſſe ;
On diroit que pour eux le deſtin l'ag-
grandit ,
De ſa ſotte dépenſe ils tirent le profit ;
Ses chevaux ſuperflus s'engraiſſent à la
chrêche
Tandis qu'abandonnés les pauvres ſe
deſſéchent :
Il nage dans le luxe , il ne vit que pour
lui ,
C'eſt un ſonge vain , mon Fils , que le
malheur d'autrui ,
Cet abus , mon cher Fils , à tel point
m'importune
Que je vous recommande de changer leur
fortune.

De l'Empire françois ranimez les beaux
jours,
Que ce Peuple consolé fleurisse toûjours.
Distingue tout écrit, noble & simple à
la fois,
Dont la morale est pure, ou la philoso-
phie,
Opposant une barrière aux écarts du
génie,
Plaide pour tes Sujets sans insulter aux
Loix.
Fonde des monuments vainqueurs de
tous les âges,
Annoblis le présent & soumets l'avenir:
Que ton Nom reproduit par un long
souvenir
Soit adoré du Peuple & respecté du Sage.
O puissante nature, ame de l'Univers!
Souffre que mes leçons éclattent dans
les airs,
Ménagère ou prodigue on te voit toû-
jours sage,

Ton deſſein permanent mène tout à l'u-
ſage.
Voyez les réſervoirs qui pour ſes grands
deſſeins
Aux entrailles des monts ſont creuſés
par ſes mains,
Les fleuves orguëilleux en ont tiré
leurs ſources
D'un humide cryſtal ils fourniſſent la
courſe,
En fuïant de leurs ſeins, jeunes &
foibles ruiſſeaux,
Ils arroſent les prés de leurs fécondes
eaux;
Mais bientôt aggrandis, enflés d'eaux
paſſagères,
Ils portent leur tribut à des mers étran-
étrangères,
D'où le Soleil après les changeant en
vapeurs,
Goutte à goutte en pleuvant les rend
ſur les hauteurs;

Ce n'eſt point pour croupir que les monts les amaſſent,
Par les mêmes canaux le ſort veût qu'ils repaſſent ;
Et tels ſont les devoirs attachés aux honneurs,
Des dons de la fortune, cher Fils, diſpenſateur ;
Le Roi pour ſes États eſt la ſource féconde,
Qui porte l'abondance & le bonheur au monde.
Que j'aime ce diſcours qu'un ſage Magiſtrat
Tient au Peuple romain ſéparé du Sénat.
Au tour du mont ſacré triomphoit la diſcorde,
Son éloquente voix rétablit la concorde.
Quelque ſoit le haut rang qu'on tient en ſa patrie,
De la totalité l'on fait toûjours partie.

Si par vous les humains ne ſont pas ſe-
courus,
Le Peuple ne voit en vous que des mem-
bres perclus.
Fuïant l'orguëil, la haine & la ven-
geance,
La bonté doit ſur-tout annoncer ta puiſ-
ſance :
Il n'eſt rien de plus grand dans ton ſort
glorieux,
Que ce vaſte pouvoir de faire des heu-
reux,
Ni rien de plus divin dans ton beau
caractère
Que cette volonté toûjours prète à le
faire.
On fait dire à Céſar, ce Conſul orateur,
Qui de Ligarius ſe rendit protecteur,
Et c'eſt à tous les Rois qu'il paroît enco-
re dire :
Pour faire des heureux vous occupez
l'empire.

Aſtres de l'Univers ! votre éclat eſt pour vous,
Mais de vos doux raïons l'influence eſt pour nous.
Égaux en aſpirant les Princes & les Sujets,
Ne ſauvent de la mort que les biens qu'ils ont faits,
Ils reſtent dans l'Univers, ils vivent dans la mémoire,
Et leur trépas alors eſt le ſceau de leur gloire.
Pénétre-toi, mon Fils, de cette vérité,
Agis, ſois vertueux, plains ces triſtes Monarques
Qui, morts & dépoüillés de leurs frivoles marques,
Ne laiſſent que leur cendre à la poſtérité,
De leur malheur il n'en faut pas profiter.
Ce généreux LOUIS, le Pere des BOURBONS,
A qui Dieu prodigua ſes plus auguſtes dons;

Sur ſa tête éclatoit un brillant Diadême,
Au front du nouveau Prince il le poſa
lui même:
Recevez-le, dit-il, de la main de Louis,
Je ſuis votre Pere, & vous êtes mon Fils;
La vertu doit toujours vous guider ſur
ma trace,
Soulagez votre Peuple & puniſſez l'au-
dace.
C'eſt peu d'être un Héros, un Conqué-
rant, un Roi,
Si le Ciel ne t'éclaire, il n'a rien fait
pour toi;
Tous ces honneurs mondains ne ſont
qu'un bien ſtérile,
Des humaines vertus récompenſe fra-
gile;
Un dangereux éclat qui paſſe & qui s'en-
fuit,
Que le trouble accompagne & que la
mort détruit.

A ces mots diſparoît ce Pere vertueux
dans un char de lumière,
Des Cieux en un moment traverſant la
carrière;
Tels on voit dans la nuit la foudre &
les éclairs;
Courir d'un Pôle à l'autre & diviſer les
airs;
Et telle s'éleva cette nue embraſée,
Qui dérobant aux yeux le Maître d'Eli-
ſée,
Dans un céleſte char de flammes envi-
ronné,
L'emporta loin des bords de ces globes
étonnés.
Dans le centre éclatant de ces ondes
immenſes,
Qui n'ont pû nous cacher leur marche
& leur diſtance,
Luit cet Aſtre du jour par Dieu même
allumé,
Qui

Qui tourne autour de soi sur son axe enflammé :
De lui partent sans fin des torrens de lumière,
Il donne en se montrant la vie à la matière,
Et dispense les jours, les saisons & les ans
A des mondes divers autour de lui flottans;
Ces Astres asservis à la loi qui les presse,
S'attirent dans leur course & s'évitent sans cesse,
Et servant l'un à l'autre & de régle & d'appui,
Se prêtant les clartés qu'ils reçoivent de lui,
Au-dela de leurs cours & loin dans cet espace,
Où la matière nage, & que Dieu seul embrasse,

Sont des Soleils ſans nombre & des
mondes ſans fin,
Dans ſes raïons immenſes, il lui ou-
vre un chemin.
Par de-là tous ces Cieux, le Dieux des
Cieux réſide;
C'eſt là que ce digne Pere ſuit ſon cé-
leſte guide.
Chaque mot qu'il venoit d'entendre
étoit un trait de flamme,
Pénétrant ce cher Fils juſqu'au fond de
ſon ame.
Il ſe crût tranſporté dans les tems bien-
heureux,
Où les Dieux des humains converſoient
avec eux,
Où la ſimple vertu prodiguoit les mira-
cles,
Commandoit à des Rois & rendoit des
oracles.
Il quitte à regret ce Pere vertueux,
Des pleurs en le perdant coulerent de ſes
yeux,

Et dès ce moment même il entrevoit l'aurore
De ce jour, qui pour lui ne brilloit pas encore.
Ce Monarque attendri ne parut pas surpris :
Dieu le maître de ses dons fut son appui,
Le Pere de Bourbon du sein des immortels,
Louis fixe sur lui ses regards paternels,
Il présagea en lui la splendeur de sa race,
Il plaigna les erreurs, il aima son audace,
De sa Couronne un jour qui devoit l'honorer,
Il voulut plus encore, il voulut l'éclairer ;
Mais ce fils s'avançant vers sa Grandeur suprême
D'un pas modeste & grave le contemple lui-même.
Louis du haut des Cieux lui prêta son appui,

Mais il cacha les bras qu'il étendoit pour lui,
De peur que ce Héros trop sûr de ses victoires
Avec moins de danger n'acquisse moins de gloire.
Arbitre Souverain qui m'élevez au Thrône,
Apprenez-moi, dit-il, à porter la Couronne;
Gravez-y les leçons que m'a donné mon Pere,
Détachez de son front un raïon qui m'éclaire,
Dirigez mon esprit, & fortifiez mon cœur,
Et qu'un Peuple chéri me doive son bonheur.
O mon Maître! ô mon Roi! déja le Ciel t'écoute,
Il échauffe ton ame, il remplira tes vœux,

Et l'ange de l'empire applanira la route,
Sur les dangers du thrône il t'ouvrira les yeux,
Le Sceptre si pesant, objet de ta fraïeur,
Ton Auguste Moitié l'entrelace de fleurs;
Ah! Combien de vertus parent son diadême;
On respecte son rang, c'est sa bonté qu'on aime,
Sa bienfaisance en elle est unie aux attraits,
Elle est de vos Etats l'ornement & l'exemple.
Vous allez partager les cœurs de vos Sujets;
Voyez-les accourir, chercher votre présence,
Vous exprimer leurs vœux par les cris d'éloquence:
Voyez tous ces trésors des vergers & des champs,

Que dépoſe à vos pieds la prodigue abondance;
Voyant ſous leurs yeux renaître l'eſpérance,
Les meres à l'envie s'empreſſent ſur vos pas,
Vous montrant à leurs fils ſuſpendus ſur leurs bras:
Les vieillards qu'intéreſſe un regne à ſon aurore,
Vous préſentent des fronts que la gaieté colore,
A votre aſpect touchant le Peuple s'attendrit,
Et ſous les humbles toits la pauvreté ſourit.
Près de vous il ignore une crainte importune,
Le bienfaiſant eſpoir adoucit l'infortune.
Ah! montre-toi, cher Prince, à Paris pour calmer,

Des bontés de ſon Roi la nouvelle eſt
ſémée,
Volant de bouche en bouche, a changé
les eſprits,
Nos amis ont parlé, les cœurs ſont at-
tendris;
Ton Peuple reconnoiſſant verſe des
pleurs de joie,
Veut adorer un Roi que le Ciel lui en-
voie:
Il benit ſa Compagne, il benit ſon
amour,
Il conſacre à jamais un auſſi heureux
jour.
Chacun veut contempler ton auguſte
viſage,
On veut voir BOURBON, on veut
te rendre hommage.
Ton auguſte Moitié, grand model de
tendreſſe,
Fera par ſa beauté refleurir la jeuneſſe:

Cher adorable Couple, vient joüir de ta gloire ;
Tu seras à jamais mis dedans notre mémoire.
Jeune & charmant objet, le héros des bienfaits,
Propice à notre cœur, tu vas nous consoler.
Tous respectent avec moi le jour qui t'a vû naître,
Remettre sur ton Thrône par des cris d'alégresse,
De tes justes promesses tu vas remplir les vœux,
Et du présent nos jours seront des jours heureux.
La France te chérit & oublie sa misère,
Tes généreuses mains s'empressent d'essuïer
Les larmes que le Ciel lui commande de verser.

De

De toi, de tes bienfaits, à parler enhardie,
C'eſt de toi qu'elle attend le bonheur de ſa vie.
Tous leurs cœurs ſont dévoués à la reconnoiſſance,
Te donnent ſur ſon empire une juſte puiſſance.
O digne Pere ! O bon Roi !
Le dieu qui t'inſpire marche devant toi,
Il fait plus qu'il ne doit,
De peur de te laiſſer ſéduire
Il tracera tes pas.
Parmi tous tes enfans te charge de la conduite
Qui formés ſous ton joug, & nourris dans ta loi,
N'ont de Dieu que le tien, & de Pere que toi.
Tu ſais aſſez quel ſentiment d'honneur,
Parmi ſes paſſions regne au fond de ſon cœur;

Tu change ſon deſtin, tu calme ſes alarmes,
Tu porte dans ton ſein cette auguſte flamme.
Je ne fais que parler pour ton Peuple qui m'inſpire.
Le glaive dans tes mains
Impoſera ſilence au reſte des humains:
Ta voix fera ſur eux les effets du tonnerre,
Et tu verras leurs fronts attachés à la terre.
Mais je te parle en homme, & ſans rien déguiſer,
C'eſt des faux Citoïens de qui je veux parler.
Je me ſens aſſez fort pour ne pas t'abuſer,
Tu les connois ſans doute; mépriſe leurs careſſes,
Et ſache corriger leur avide commerce.

Non, jamais Roi, Pontife, ou Chef ou
Citoïen,
N'ont eû un projet aussi grand que le
tien.
Chaque Roi à son tour a brillé sur la
terre,
Par les Loix, par les Arts, & sur-tout
par la Guerre.
J'implore ton secours, ô divine Uranie!
Accorde à ma raison les aîles du génie,
Et fais moi voir LOUIS au faîte de la
clarté.
Heureux qui peut connoître & voir la
vérité:
Déja les expériences en trouvent la
barrière,
Et je verrai LOUIS affranchir la car-
rière.
Venez, chers Citoïens, & cherchons son
cœur,
Son ame est naturelle & remplie de
douceur;

Il affecte la bonté de ses illustres Aïeux.
Vous les avez vû au milieu de leur victoire,
Pleurer leurs ennemis leur front couvert de gloire.
Voyez à Fontenoy LOUIS dont l'ame égale,
Douce dans ses succès soulager les vaincus,
C'est un Dieu bienfaisant dont ils sont secourus:
Ils baisent en pleurant la main qui les désarme,
Sa valeur les soûtient, sa clémence les charme;
Dans le sein des fureurs la bonté trouve un lieu;
Si vaincre est d'un Héros, pardonner est d'un Dieu.
Suis Auguste LOUIS tes illustres Aïeux,
Alors la Renommée en étendant ses aîles,

Mêlant à ces récits tes bienfaits ſans
débats,
Y portera ta gloire aux plus lointains
climats.
O Héros par le Ciel aux mortels accor-
dé !
Des véritables Rois exemple auguſte
& rare,
Non, jamais des BOURBONS le
cœur ne fut barbare.
Oui, de ce nouveau regne, LOUIS par
ſon amour,
En faiſant des heureux, le ſera à ſon
tour,
Mépriſera les flatteurs des Dieux abandonnés,
Pourroit tarir d'un mot leur ſource em-
poiſonnée.
Cher Prince, ne ſouffre point que d'indignes diſcours
Oſent troubler la paix & l'honneur de
tes jours,

Ni de faux Citoïens qui écartent de leur
Maître
Des cœurs infortunés qui te cherchent
peut-être :
Reçois-les dans ton ſein, comble-les
de careſſes,
Leur donnant du ſecours, c'eſt ton
Peuple qui te preſſe.
L'Etat va reſpirer ſous un regne plus
doux,
La Reine de ſes ſoins ſecondera ſon
Epoux,
Et leurs mains loin du Thrône écartant
les alarmes,
Des Peuples opprimés vont eſſuyer les
larmes.
Il veut ſur ſes Sujets regner en Ci-
toïen,
Et gagner tous les cœurs pour mériter
le ſien.
Grand Dieu ! conduis ce Couple bien-
faiteur,

Et leur accorde le nom de pacificateur:
Leurs appas, leurs vertus sont dignes de ce prix,
Mon cœur en est flatté plus qu'il n'en est surpris.
CONDE', vrai Citoïen & soûtien de la France,
En marchant sur tes pas fera renaître l'abondance:
Ce dernier d'une race en Héros si fé_ conde,
Ce Guerrier dont la gloire a rempli tout le monde:
Oui, seul le Grand CONDE' fait trem- bler toute la ligue,
Mais il fallut d'un Maître accomplir les desseins,
Il suspendit le coup qui partoit de ses mains;
Ce grand Nom qui du Thrône sera tou- jours l'appui,

France, c'eſt lui même qui prend ton
parti.
CONDE' parmi les flots de ce torrent
rapide,
S'avance d'un pas grave & non moins
intrépide,
Incapable à la fois de crainte & de fu-
reur,
Sourd au bruit du canon, calme au
ſein de l'horreur,
D'un œil ferme & ſtoïque il regarde la
Guerre
Comme un fléau du Ciel, affreux mais
néceſſaire;
Il marche en Citoïen, & conduit par
l'honneur,
France, de ce grand Prince attends-y
ton bonheur.
J'entreprends de placer par une heureuſe
audace,
BOURBON, auſſi CONDE', au ſommet
du Parnaſſe.

Je veux armer leur front d'un casque menaçant,
Pour punir l'injustice & venger l'innocent.
Siècle heureux de LOUIS! Siècle que la nature
De ses plus beaux présens doit combler sans mesure;
C'est toi qui dans la France raméne les beaux jours:
Sous ton regne tes Sujets en jouiront toujours;
Les Muses à jamais y fixeront leur empire,
La toile est animée & le marbre respire.
Quels Sages rassemblés dans ces augustes lieux;
Mesureront l'Univers & liront dans les Cieux,
Et dans la nuit obscure apportant la lumière,

Sondant la profondeur de la nature entière :
L'erreur présomptueuse à leur aspect s'enfuit.
Et vers la vérité le doute les conduit.
Chère MARIE-ANTOINETTE
Que Vienne a vûe naître,
Vois du haut de ton Thrône les François t'adorer,
Ils benissent le jour qu'ils t'on vû aborder,
Qui dessus les frontières en te voïant entrer,
Ont fait des cris de joie & connu tes bontés.
Tendre & solide ami, bienfaiteur généreux,
Qui peut te refuser le nom de vertueux :
Joüis de ce grand titre, tu seras honoré,
Des François Citoïens tu connois la bonté.

Joignons à l'aimable Couple CONDE', dont la ſageſſe
N'eſt point le fruit amer d'une auſtère rudeſſe;
Toi, qui malgré l'éclat dont tu bleſſe les yeux,
Peut compter tous amis, & tu n'as point d'envieux.
J'entends de tous côtés les François pleins d'ardeur,
Par-tout ſe récrier de tes mains bienfaiſantes & ſur-tout de ton cœur.
François, vous ſavez vaincre & chanter vos conquêtes,
Il n'eſt point de laurier qui ne couvre ſa tête.
Un Peuple & des Héros vont naître en ces climats,
Et ſi de nos voiſins leur envie les portoit,
D'attaquer nos frontières & troubler notre paix,

On verroit les BOURBONS voler dans les combats,
A travers mille feux CONDE' porteroit ſes pas;
Tour-à-tour la terreur & l'appui de ſon Maître,
CONDE' eſt un Héros & ne ceſſera de l'être:
C'eſt un autre Turenne, CONDE' eſt ſans égal,
Non, jamais de nos jours il n'aura ſon rival;
Il a tous les talents de Turenne & Villars,
Diſputeroit le tonnerre à l'Aigle des Céſars.
Hélas! que ne feroient point ces ames vertueuſes,
La France ſous ce regne va être trop heureuſe:
Capable d'entretenir l'abondance & la paix,

LOUIS d'un cœur content joüira de ſes bienfaits ;
Près de ce jeune Roi regnera la concorde,
Et les Poëtes à l'envie y formeront des Odes ;
Et moi qui de mon ſang j'ai verſé pour l'Etat,
Prêt à recommencer pour la gloire de mon Roi,
Je mourrerai content, ſi je mourrois au combat,
Si-tôt qu'il s'agiroit de la gloire de mon Roi.

FIN.

www.ingramcontent.com/pod-product-compliance
Ingram Content Group UK Ltd.
Pitfield, Milton Keynes, MK11 3LW, UK
UKHW022128170726
13837UKWH00003B/1429

9 782329 102252